암시랑토앙케

몰개시선 002

암시랑토앙케

정양 시집

몰개

시인의 말

70여 년 전, 우리나라가 세계적으로
제일 가난했던 내 소년시절,
내가 겪은 가난한 들마을 사람들의 얘기들을
민화(民畵)처럼 투박하게 그려본 것이
1부의 「들마을 민화」입니다.
밑이 째지게 가난했어도 더러는 구수했지요.

시집 『헛디디며 헛짚으며』 이후 발표했거나
드문드문 게으르게 써 두었던 시들은
2부 「질 게 뻔해도」에 모아보았습니다.

아마도 이게 내 마지막 시집이지 싶어
못내 부끄럽습니다.

2023년 1월
정양

차례

1부 들마을 민화

겨울밤 11
더 큰 소리로 12
진잡수유? 14
짜짜놀이 16
보리타작 18
도둑질 22
다시 만나서 25
짚 한 다발 28
봄잠 설치며 30
단수수 잔치 32
앵속 얻기 35
억새밭 선열이 38
그날 이후 42
연하남들 46
베신 49
비얍괴기 52
뺑쟁이나 허풍쟁이나 55
딱 한 모금 58

가물치 낚시 60
미신과 확신 64
땜쟁이 노래 66
야꼽쟁이 68
아무 일도 없었다는 듯 70
바람쟁이 하나쯤 72

2부 질 게 뻔해도

봄비 77
질 게 뻔해도 78
그거 안 먹으면 80
단풍 81
가을밤 82
달밤 85
눈 내리는 강가에서 86
다리 주무르기 88
봄밤 90
유리창에 얼핏얼핏 91

매미소리 92
진달래와 철쭉 94
눈 오는 밤 96
밤에 우는 새 97
마지막 잎새 98
무등산에도 무등은 없다 99
백산 백비 100
민망한 꽃들이 102
도보다리 103
남는 시간 104
한몸 되기 그리 쉽던가 106
봄꽃 107

발문 쓸쓸함의 깊이를 가늠하는 시 · 김영춘 108

1부

들마을 민화(民畵)

겨울밤

갈 데가
집뿐인가집뿐인가
곱씹으며 집으로 가던
눈 내리던 밤이 있었다

가고 싶은 데가
고향뿐인가고향뿐인가
고향길 잃은 눈발들이
지워도 지워도 되묻는 밤

가야 할 길
가지말라고가지말라고
밤 깊도록 다 덮어버리는
눈에 묻힌 꿈길이 멀다

더 큰 소리로

가는귀먹어 목소리 큰 귀먹짜가리 이생원
지난봄부터 굵은귀먹어 목소리가 더 커졌다

휴가 나온 도근이가 등잔불 꺼진 캄캄한 방 앞에서
"아부지 도근이 와써요"
큰 소리로 귀향신고를 해도 아무런 기척이 없다
"도근이 와써요 아부지"
온마을이 놀라도록 더 크게 외치자
방안에서 큼큼거리던 이생원이 더 큰 소리로 되받는다
"어어, 머시라고?"
도근이도 더 큰 소리로
"아 도근이 와땅게요"
이생원도 더 큰 소리로
"머시 와따고?"

목소리들 점점 커져서
가을밤 들마을이 들썩거린다

"아 글씨 도근이 와써요"

"머시라고? 도동놈 와따고?"
"아 도근이 와땅게요"
"머시여? 담 너머가?
저놈 자버라 저놈 자버라"

점점 커지는 목소리를 따라
들마을 꺼졌던 등잔불들이
큭큭거리며 띄엄띄엄
하나둘씩 다시 깜박거린다

진잡수유?

땡공이 무슨 뜻인지 왜 김영감을
땡공이라 부르는지 개구쟁이 땡공영감은
왜 아이들에게 시비 거는 걸 즐기는지
동네 사람들 누구도 아는 이가 없다

어른을 만나면 아이들은
고개를 까딱 하면서 '진잡수유?'
한 마디 내뱉고 지나가는 게 예산데
김영감을 만났을 때는 판이 다르다

"밥 안 머거쓰먼 니가 줄래?
어링거뜨리 으르늘 보먼 대구빠글 기피 수김서나
진지 잡수션냐고 또박또박 여쭈어야지 그러케
새빠닥 짤븐 진잡수유?가 시방 머더자는 지시여?"

재수 없이 김영감에게 걸린 아이들은
고만 좀 땡공거리고 어서
갈 길이나 가시라는 말을 꾹 참고
말 대신 재수 없는 침이나 퉤퉤 내뱉고는

김영감 저만치 사라지면
꼬맹이들이 즐기는 땡공노래를 불렀다

“사안 퇴끼 퇴끼야 어디를 간다냐
땡공땡공 험시나 어디를 간다냐”

짜짜놀이

그보다 더더더 재수 없이
김영감을 만난 아이들도 많다
‘진잡수유?’ 인사하고 지나친 한참 뒤에
학교 늦을까봐 맘 바쁜 한익이를
“야야 이리 좀 와봐라”
김영감은 저만치서 큰 소리로 한익이를 불러 세운다
무슨 일인가 싶어 헐레벌떡 되돌아온 한익이더러
너 누구 아들이냐고 묻는다 한익이는 어이가 없어
“나 울 아부지 아더린디유”
“그렁게 느그 아부지가 누구냐 그 마리여”
“울 아부지 이르미 홍마닌디유”
“네끼 쉬 못된 녀르 자식 가트니라고,
웃어른 이르믄 함짜라 허는 거시고
함짜는 한 자씩 띠여서 짜짜를 부치는 거시여
따라 혀봐, 울 아부지 함짜는 홍짜 만짭니다”
“울 아부지 함짜는 홍짜 만짭니다”
“그려그려 그러케 허는 거시여, 고놈 참
그러고봉게 홍마니를 빼달마뿌런네”
“근디 영감님은 왜 울 아부지 함짜를 함부로 불른대요?”

“야 이노마, 느그 아부지가 내 아덜 친구다”

김영감의 짜짜 놀음에서 간신히 벗어난 한익이는
가던 길 뛰어가며 땡공노래를 지어 불렀다

“여엉감님 함짜는 땡짜 공짜인가유
땡공땡공 험시나 어디를 간대유”

보리타작

> 우리 꼬맹이들에게 보리타작은 보리를
> 수확한다는 말이 아니라 어른들 몰래
> 미처 덜 익은 풋보리를 꺾어 끼리끼리
> 구워먹는 걸 일컫는 말이다

학교도 다니다 그만둔 종기형은
우리에게 궂은 짓을 자주 시킨다 오늘도
시키는 대로 우리는 보리타작에 나섰다
꺾어온 풋보리들이 불길에
마침맞게 익어 입맛을 다실 무렵
보리밭 건너 논두렁 가로질러
곰방대 바쁘게 휘젓는 김영감이
우리들에게 잰걸음으로 다가온다

"크닐나따 밭 주인 땡공이다 내가
시간 버는 동안 밭 너머로 빨리들 도망가"
종기형이 불을 밟아 끄면서 우리를 내몰고
무릎 꿇고 김영감을 기다린다
무릎 꿇은 종기형을 보고 맘이 좀 놓인 듯
뛰다시피 하던 김영감 걸음이 느려진다

그 틈에 우리는 건너편 보리밭 둔덕으로 숨었다

김영감이 다가오자 갑자기 몸을 일으켜
우리들 반대쪽으로 달아나려던 종기형이
밟은 둔덕이 허물어져 나뒹군다
김영감이 종기형 뒷덜미를 쥐고
"저리 도망간 놈들 다 오라고 혀
누구누군지 내가 다 아러 이놈더라"

뒷덜미 잡힌 종기형이 우리들 쪽으로
달아나라는 건지 나오라는 건지 손을 흔든다
아무래도 나오라는 손짓 같다
우리는 고개 숙이고 김영감 앞에 다가가
종기형 뒤에 한 줄로 무릎을 꿇었다

"아무리 처리 안 드러써도 이 보리꼬개에
다 된 보리농사를 이러케 망쳐논냐?
느네들 지베 알려서 보리 한 말씩만
무러내라고 혀야거따 이놈더라"

김영감은 곰방대로 우리 머리통을
낱낱이 두드렸다 하나도 안 아팠다
보리 한 말씩이란 말만 억장이 막혔다

"일어나서 이리덜 둘러안저"
보리 구워놓은 밭 가장자리로
우리를 둘러앉힌 김영감은
주머니에서 틀니를 꺼내어 끼고
구운 보리 한 줌을 비벼 우적우적 씹는다

"어어 참 마디따 보리마슨 역시
이러케 구워 멍는 거시 최고지"
입언저리에 껌댕이 묻은 김영감이
침을 꼴깍꼴깍 삼키는 우리들에게
구운 보리를 한 줌씩 집어준다
긴가민가 눈치를 살피며 우리도
조심조심 구운 보리를 비벼 먹는다

"또 이런 지터면 그때넌 참말로 이놈더라

보리 한 말씩 거둘 티닝게 그리 아러, 아러찌?"
김영감이 갑자기 보리껌댕이 묻은 손바닥으로
우리 얼굴들을 문지르며 낄낄낄 웃는다

김영감이 자리를 뜬 뒤에도 우리는
구운 보리를 비벼 먹으며 서로
낯바닥을 문지르며 낄낄거렸고
오늘은 땡공노래를 부르지 않았다

도둑질

외동딸 시집보내고 혼자 사는
여산댁 외딴집에 도둑이 들었다
안방문 소리 없이 따고 들어온
어두운 붉은 손전등 불빛이 안방 벽장문
문고리 어름에 어른거릴 때
아까부터 숨죽여 지켜보던 여산댁이
"도독이야 도독이야"
연거퍼 큰 소리로 내질렀다

"하따, 간 떠러지거따 이녀나"
저도 모르게 손전등을 떨어뜨린 도둑이
손바닥으로 여산댁 입부터 막으려 한다
"어따대고 년짜냐 이 도동노마 너 멧살 처머건냐?"
"이 판국에 나이가 무슨 개뻑다구냐 이녀나"
야무진 몸으로 여산댁을 짓누르며 목을 조르려 든다

"확 줘여뻐리는 수도 이씅게 꼼짝마러 이녀나"
"그려 확 줘여뻐려라 줘여뻐려 이 도동노마"
옥신각신 짓누르는 덩치를 손발로 밀쳐내다가

얼핏설핏 도둑의 거시기가 손에 닿기도 한다
“아니, 이년이 환장현능개비네 거그가 시방 어디라고
더듬능 거시여 더듬기를”
“오매 환장허건네 더듬기는 누가 더듬어 이 도동노마
지꺼시 빼뺏혀징게 자꾸 소네 단능구만……”
말 마치기도 전에 부르르 떨던 여산댁 몸이
한꺼번에 허물어진다 도둑도 말없이
여산댁 허물어진 몸을 속속들이 챙긴다

거친 숨 섞인 허물어진 몸소리들 잦아들고
입지도 벗지도 않은 채 맞붙은 몸들이
버려져 뒹구는 손전등 불빛에 얼비친다
숨가쁘던 방이 한동안 고요에 잠긴다

“나 오널 도독질은 그만둘란다”
넌짜 빠진 도둑의 말투가 사뭇 부드럽다
“씹도독질은 도독질 아니냐? 이 도동노마”
도동노마를 달긴 했어도 여산댁 말투에도
허물어지던 몸소리가 아직 묻어 있다

"도독질 당헐라고 잔뜩 지둘려떵만 뭔 딴소리여?"
"그려, 사내맛 본 지 오래 되야따 이 날도동노마"
"암만혀도 그 도독질 한 번 더 혀야 쓰거따"
몸 허물어지는 소리들이 한바탕 더
외딴집 새벽을 휩쓸고 지나갔다

주섬주섬 옷을 챙겨 입은 도둑이
그림자처럼 싸립문을 빠져나가고
다 알고 있다는 듯 닭장에서 홰를 치며
유난히 길게 목청을 뽑는 첫닭이 운다
아직껏 입지도 벗지도 않은 여산댁이
도둑이 사라진 싸립문을 건너다보며 중얼거린다

"오너른 내가 나 아닌 건만 가트다 아니
오너른 내가 참말로 나 가트다 이 도동노마"

다시 만나서

궂은비 오는 늦가을, 버젓이
안방 문 두드리며 또 도둑이 왔다
다녀간 지 한 달이 채 안 됐는데
이번에는 새벽 아닌 초저녁이다

"아니, 머슬 또 훔치러 완냐 이 도동노마"
말은 사나워도 깜짝 반기는 말투다
"야가 하도 보채싸서 이러케 안 완능가"
도둑이 제 배꼽 아래를 가리키며 능청을 떤다

방에 들어서자마자 서로 와락 껴안더니
다투어 위아래를 더듬는다 한 손으로
담요를 펴는 여산댁 손길이 더 바쁘다
등잔불 끄고 칠흑 같은 어둠 속에서
짐작만으로 서로 옷을 벗긴다

도둑이 길 터주는 대로
여산댁이 따라다니고
여산댁은 더 깊은 골짝으로

몇 차례나 도둑을 끌어들이더니

골짝 끝에 나뒹굴듯 내뱉는
도둑의 숨 막히는 소리와 '으허엉'
그걸 맞받는 여산댁 몸소리가
방 안 소리들을 천천히 삼킨다
모든 소리 다 잦아든 캄캄한 적막이
땀에 젖은 알몸들을 후줄근히 감싼다

"그러케 조아?"
"나도 몰르거따 이 날도동노마"
"인자 도동놈 소리 좀 빼먼 안 되까?"
"한 번 도동노믄 평생 도동노미다
그런디 너넌 오널 왜 년짜럴 빼멍냐?"
"암만혀도 내가 동상 가터서 그려"
"나 뒤야지띠다 너넌?"
"나넌 퇴끼띠, 인자 누니미라고 허까?"
"누니미던 첩녀니던 꼴리는 대로 혀
그런디 너넌 허우대가 이러케 멀쩡혀가꼬

헐 지시 업서서 도독지리나 험서 사냐?"
"배운 거시 도독질뿌니라 도독질험서
가막소 드나드름서 사능 게 내 팔짱개비여"
"쓰잘떼기 엄넌 소리 작작혀 이 도동노마
오널 심 마니 써쓰닝게 한 소금 시들고 나서
지비를 가던지 또 지라를 허던지 혀"

밤이 깊었고 도둑은 잠이 들었다
여산댁이 도둑 알몸에 홑이불을 덮어준다
나란히 누운 여산댁도 까무룩 잠든다

짚 한 다발

말이 좋아 점쟁이지
점치는 솜씨 엉터리라고
먼 동네까지 소문이 나서
손님 하나도 없는 점쟁이
환갑 진갑 다 넘긴 나이에
밤잠 안 자고 남의 짚벼눌에서
한두 다발씩 표 안 나게
짚다발 훔치는 데 이골 난 점쟁이 할멈

여산댁네 텃밭의 짚벼눌에서
짚 한 다발 훔쳐가던 그 새벽에
여산댁이 도둑과 배 맞던 소리들을
점쟁이 할멈이 다 듣고 있었다
그 새벽 여산댁네 외딴집에는
도둑이 겹으로 들었던 게다

여산댁이 도둑과 주고받던 소리들을
신들린 듯 더 보태가며 다 풀어놓고는
입 가벼운 사람 아니라는 듯

우리 둘만 알고 입 딱 다물자고
손가락 걸며 약속한 마을 아낙들이
그날 해 지기 전에만 다섯 명도 넘었다

---

*집벼눌 : 볏가리의 방언. 볏가리는 볏단을 가지런히 쌓아놓은 더미.

봄잠 설치며

눈 쌓인 긴긴 겨울밤도 지나고
봄꽃들 다투어 피고 지도록
정말로 가막소라도 끌려갔는지
기다리는 도둑은 오지 않고
도둑 대신 여산댁이 도둑과 배 맞은
쥐도 새도 모를 그 일이
동네방네 소문이 되어 찾아왔다

여산댁이 도둑과 배 맞던 소리
여산댁 몸 허물어지던 소리를
여산댁 가까이 다가온 줄도 모르고
가지가지로 보태어 시늉하면서
우물가에 자글자글 키득이던 아낙네들이
여산댁을 알아채고 금세 조용해진다

어느 귀 밝은 고망쥐가
그날 밤 그 소리 다 듣고
저렇게 다 풀어놓았나
참말로 귀신 곡할 노릇이지만

그게 다 사실인 걸 어쩌랴
애간장이 썩어도 이를 악물고
여산댁은 한세상 뻰뻰해질 수밖에 없다
누가 그 고망쥐 노릇을 했는지보다
더 궁금한 게 도둑의 안부다

아무에게나 몸 맡기고 싶은
이 봄날 다 가기 전에
봄잠 설치며 여산댁은
도둑이 도둑처럼 찾아올
그날만 기다린다

단수수 잔치

아이들은 깊은 밤 끼리끼리 모여
집집마다 울타리 언저리에 심은 단수수를
몰래 조금씩 표 안 나게 베어다가
캄캄한 뒷동산에 가서 두근거리며
이가 시리도록 씹어 뱉곤 했다

몰래 앵속을 가꾸는
산자락 끝 아편쟁이 윤생원네 콩밭에는
눈가림하느라 앵속 주변에
수수 씨를 촘촘히 뿌려놓아서 콩밭이
콩밭인지 수수밭인지 구분이 되지 않았다

수수와 단수수는 겉모습이 똑같지만
수수는 이삭 패기 전부터 줄기며 잎에
호랑이피 먹은 붉은 금들을 긋는다
윤생원네 콩밭 수숫대들은 이삭 패고도
호랑이피 그 붉은 금들이 없다는 걸
아무도 눈여겨보지 않았다

맘먹고 단수수 씨를 뿌린 건지
깜박 잊고 단수수 씨를 뿌린 건지
그 속이야 윤생원만 알 노릇이지만
모가지 잘라낸 콩밭 단수수들을
윤생원이 몇 차례나 손수레로 옮겨
은행나무 밑에 겹겹이 쌓아두고
자나깨나 단수수 고픈 아이들에게 나눠주었다

콩밭 단수수는 그 사각거리는 맛이
집 단수수보다 몇 배나 달았다
아이들이 맘 놓고 단수수를 씹어 뱉는
품 넓은 은행나무 그늘 아래
어른들도 두서넛 아이들 틈에서
단수수를 씹으며 염치없는 헛웃음을 뱉았고
사방팔방에서 모여든 왕개미떼들이
죽자 살자 단수수 뱉은 더미에 엉겨
아이들과 어울려 잔치를 즐긴다

아이들은 저희끼리 낄낄거리면서도

콩밭 단수수를 미리 알아채지 못한 걸
큰 손해라도 본 것처럼 억울해 했다

---

*앵속(罌粟) : 양귀비과에 속한 한해살이풀.

앵속 얻기

정월대보름날 팔아먹은 더위가
각설이처럼 죽지도 않고 찾아와
어떤 이들은 여름내 가으내 배앓이를 한다
그렇게 배앓이를 하는 마을 사람들은
약방 대신 윤생원을 찾아가곤 했다

시도 때도 없이 아랫배가 살살 아프고
뒷간에 가면 찌지지직 별 나오는 것도 없이
싸도 싸도 또 못 참게 싸고만 싶은
그런 고약한 더위를 먹은 한익이도
민망한 맨손인 채로 윤생원을 찾아갔다

"배 아퍼서 왔냐? 니가 누구더라?"
"예, 양지뜸 홍짜 만짜 아덜 하니깁니다
아래빼가 살살 아퍼싸서 뵈러 와씨유"

며칠 전 땡공영감에게 시달렸던 걸 속으로
다행이라 여기며 짜짜를 섞어 한익이가 대답한다

"응, 그려, 홍마니 아덜이구나. 홍마니가
아더럴 똑또커게 참 잘 키원네
여그 온 기메 내 등짝 좀 글거줄래?"
"예, 어디 께를 글거드릴까유?"

윤생원이 곰방대로 오른쪽 등을 두드리며
한익이를 등지고 돌아눕는다
곰방대 두드린 쪽을 한익이가 살살 긁는다

"어어 시원허다 되야따 되야써,
우리 똑또컨 홍마니 아덜노미 손끄또 야물구나"

곰방대를 허리춤에 지른 윤생원이
헛간으로 들어가 시래기처럼 엮인
뿌리까지 달린 마른 앵속 한 줌을 가져온다

"이거 물 두 대접 냄비여다 너코
반시간쯤 팔팔 끄려서 미지근혀지면
한꺼버네 마셔빼려라"

"예예, 고마워유 고마워유"

그 앵속 끓인 물 마시고 나면
오래 시달리던 배앓이도 거짓말처럼 가라앉는다
앵속 얻으러 오는 아이들에게
등 긁어 달라 노래 해봐라 어깨 주물러 달라
이것저것 시키는 게 맨손의 아이들
덜 미안하게 하려는 윤생원의 속내인지
그냥 윤생원의 버릇인지는 아무도 몰랐다

억새밭 선열이

바보 선열이는 우리 꼬마들보다
키가 좀 크고 통통한 그러면서 늘
입을 반쯤 벌리고 초점 잃은 눈으로
자나 깨나 아무 표정 없이 산다

너댓 살 때 두엄자리 구렁이알을 캐먹고
열병에 시달리다 깜박 숨이 넘어갔는데
산에 묻기 전 둘둘 만 가마니 속에서
우는 소리가 들려 다시 짊어지고 왔더란다

그 선열이가 서른이 다 되는 지금까지
저렇게 너댓 살짜리 애기가 된 채로 산다
입술과 턱 언저리에 수염이라기엔 너무 듬성듬성한
거뭇한 터럭 몇 오라기가 매달려 있다

남에게 먼저 말 거는 일 없고
누가 말 걸어도 거의 대꾸하지 않는다
얼핏 벙어리 같은데 때에 따라
'응' '아니'로 묻는 말에 대답도 하고

두어 마디씩은 말도 한다

선열이는 봄 여름 가을 겨울 안 가리고
동네 밖 야산의 억새를 베러 다닌다
몸집에 맞는 작은 지게에 아무 때나
억새 몇 줌을 헐겁게 짊어지고 온다
바작에 담긴 그 땔감이 너무 적어
살림에 전혀 도움 될 것 같지도 않다

구워먹을 뱀을 찾아 막대기로
야산 풀숲을 헤집던 우리 꼬맹이들이
억새밭머리 선열이를 보고
이심전심 눈빛을 반짝인 것은
요즘 동네에 떠도는 소문 탓이었다
동네 큰애기들이 선열이 거시기를
돌림빵으로 주물러대며 즐긴다는 것이다

우리는 다짜고짜 선열이 손발을 붙들고
아랫도리를 벗겼다 그리고 모두 놀랐다

많이 겪는 일인 듯 선열이가 전혀
저항을 하지 않아서가 아니라
드러난 선열이의 검붉은 거시기가
여느 어른들 것과 거의 비슷해서다

수일이가 냉큼 그걸 손에 쥐고
좌우로 위아래로 흔들어본다 흔들수록
점점 묵직해지고 탱탱해져서
여느 어른들 것처럼 번들거린다

수일이도 겁먹은 듯 그걸 두 손에 쥐고
가만가만 위아래로만 흔든다
누가 이렇게 만졌냐고 수일이가 묻자
선열이는 망설임도 없이 여전히
무표정한 얼굴로 봉주라고 대답한다
봉주는 작년에 시집간 선열이 친동생이다
아무리 믿기 어려운 일도 애기 같은
선열이 말을 안 믿을 수도 없다

수일이가 또 누구? 또 누구? 물을 때마다
역시 망설임 없이 선열이는 대여섯 명이나
동네 큰애기들 이름을 불어댄다
더 묻기 무서운지 수일이가 입을 닫는다

손으로 만지고 나서 또 누가
무슨 짓들을 했는지 더 묻고 싶어도
묻자마자 대답하는 선열이 입에서
무슨 말이 또 뱀처럼 튀어나올지 무서워
우리는 더 이상 아무 것도 묻지 않았다

아무 일도 없었다는 듯 선열이가
다시 억새를 벤다 억새를 베거나
큰애기들을 기다리거나 말거나 우리는 다시
구워먹을 뱀을 찾아 풀숲을 휘저었다

*큰애기 : 처녀의 방언.

그날 이후

새끼돼지를 꿀꿀이라 부르며
종완이는 봄철 내내 꿀꿀이와 놀았다
꿀꿀이도 종완이를 강아지처럼
졸졸졸 따라다녔다 종완이는
학교 끝나기 무섭게 풀을 베어
돼지우리에서 꺼낸 꿀꿀이를
품에 안은 채 풀을 먹였고 꿀꿀이도
당연한 듯 종완이 품에 안겨
온갖 재롱을 부리곤 했다

그렇게 몇 달 지나는 동안 꿀꿀이는
제 몸 가누기도 버겁게 몸집이 불어
돼지우리 안에서만 살았다
종완이가 풀을 먹이러 다가가면
종완이를 따라 돼지우리 안을
비틀거리며 간신히 빙빙 돌다가
종완이 떠나면 털썩 드러눕곤 했다

추석 며칠 전 종완이네 집에서는

종완이 학교 간 뒤에 꿀꿀이를 잡기로 했는데
그날따라 출장 가는 담임선생 덕분에
신이 나서 일찍 집에 오게 된 종완이가
막 양철대문을 밀고 들어설 때가 바로
꿀꿀이 멱을 따기 직전이었다

다급하게 다가온 종완이 할아버지가
손자를 얼른 행랑채 방에 밀어 넣었다
꽥꽥꽥 돼지 멱따는 소리를 들으며
종완이가 문구멍으로 마당을 살핀다
칼로 도려낸 꿀꿀이 멱에서
콸콸콸 쏟아지는 선지피가
흥건하게 널벅지에 담긴다

할아버지가 한 손으로는 손자 손목을 꽉 쥐고
한 손으로는 손자 머리를 연신 쓰다듬었다
종완이는 뚬벙뚬벙 방바닥에 눈물을 떨어뜨리며,
묶인 네 다리를 바르르 떨다가
마지막 숨을 내뱉는 꿀꿀이를 지켜보았다

그날 이후 종완이는
주변 사람들과 말하기를 꺼렸다
하굣길에서도 또래들 몰래
자주 눈물을 훔쳤다
돼지우리에 새끼돼지를 새로 들여도
그 새끼돼지를 거들떠보지도 않았다

그날 이후 종완이는 고기를 못 먹었다
할머니가 찢어주는 닭고기를
무심코 받아먹다가 몇 차례 구역질을 했다
너 이러다가 중 되거따는 할머니 걱정에도
종완이는 애어른처럼, 차라리
중이라도 되고 싶다며 글썽거렸다
글썽거리는 게 구역질 탓인지
꿀꿀이가 또 생각나선지 모르는 채

"이렁 거시 다 크니라고 허는 지싱게
괴얀스레 너무 걱정덜 허덜 마러"

할아버지가 별일 아니라는 듯
종완이 어깨만 토닥토닥 두드렸다

연하남들

엄마 아빠 없이 동생 돌보며 사는
수일이네 선주 누나는
갸름한 몸매에 살결이 뽀얗고
눈매가 유난히 곱다
동갑내기 수일이와 한익이는
학교에서나 마을에서나 노상
붙어다니지만 한익이는 수일이보다
선주 누나를 더 좋아했다

앵두 오디 산딸기 등을 따먹거나 삐비를
뽑아먹을 때도 수일이는 제 입에
먼저 털어 넣었고 선주는 수일이를 먼저,
한익이는 선주 누나를 먼저, 챙기곤 했다

한익이 엄마가 이른 아침
수일이네 집에서 자고 온다는 아들더러
너는 왜 수일이허고만 노냐고 묻자
"선주 누나는 왜 그러케 엄니를
마니 달머뗴야? 엄니 딸도 아니자녀?"

한익이가 엉뚱한 걸 되묻고
"야가 시방 무슨 자다가 봉창 뜯넌 소리냐"면서
"누가 누구럴 달머딴 마리냐"고 또 묻는다

한익이가 느닷없이, 나넌 커서 돈 벌먼
선주 누나한티 장개 갈 꺼라며
눈도 깜작이지 않고 단숨에 내뱉는다
"너 그딴 소리 또 허먼 맞어죽는다 잉?"
한익이 엄마가 부지깽이로 을러메자
맞어 주거도 좋다고 나는 이담에 꼭
선주 누나한티 장개 간다며 한익이는
맞기도 전에 미리 눈물을 글썽거린다

어릴 때는 저러기도 허는 것이라고
너무 미주알고주알 상관허덜 말라고
세수 끝낸 한익이 아빠가 낯을 닦으며
한 마디 내뱉고는 방에 들어갔다
허라는 공부는 안 허고 어려서부텀
도라까진 거시 꼭 지 애비 닮았다며

한익이 엄마, 땅바닥에 부지깽이를 내던진다

암꺼또 몰르넌 나를 호밀바트로
암시랑토앙케 끌고드러강 게 누구였냐고
누가 먼저 도라까졌더냐고
방에 들어서는 마누라에게 남편이
너털너털 너털웃음을 털며
바지춤을 털며 다가선다

"하이고 징혀라, 해장부텀
이게 먼 지시당가
하니기 곧 핵교 갈 팅게
쪼깨만 참꼬 지둘려 잉?"

세 살 더 먹은 나잇값 하느라고
한익이 엄마가 남편 바지춤을 다둑이며
가만가만 타이르듯 속삭인다

---

* 암시랑토앙케 : 아무렇지도 않게. '암시랑토 않다'는 아무렇지도 않다, 별 일 없다, 괜찮다, 무사하다 등의 뜻을 지닌 전라도말.

베신

서울효제국민학교에서
김제공덕국민학교로 전학 왔던
육이오 한 해 전 3학년 때
공덕학교 아이들은 모두 맨발로 학교에 다녔다
내 하늘색 운동화를 아이들은 베신이라 했고
나를 베신 신은 놈이라 부르기도 했다

맨발로 학교에 다니는 아이들을
처음엔 이상하게 여기다가 며칠 뒤부터
길가 다박솔 밑에 신을 감추고
나도 맨발로 학교에 다니기 시작했다

처음 며칠은 발바닥이 따끔거려서
건중건중 비틀거리기도 했지만
나도 모르게 맨발에 익숙해져서
다박솔 밑 신발을 몰래 꺼내어
그걸 신고 집에 오는 발길이
오히려 어색하고 무거웠다

나만 안다고 믿던 그 다박솔 아래
누가 보나 안 보나 주위를 살피며
신발 꺼내려는 내 손에
뭉클하니 차디찬 것이 쥐어졌다
깜짝 놀라 신발 속 죽은 뱀들을
황급히 내버리는 나를 보고
저만큼 무덤 뒤에서 복철이가
깔깔거리며 달아났다

“너 거기 안 설래?”
잡히면 쥐어 패기라도 할 것처럼
내가 소리소리 지르며 뒤쫓았지만 실은
달아나는 복철이가 고맙기도 했다
복철이는 나보다 세 살 위였고
뜀박질도 쌈박질도 내 몇 수 위였다

어느 날 그 다박솔 아래 베신이 없어졌다
훔친 놈 누구든 걸리기만 하면
내 손으로 당장 줴여빼린다면서

복철이가 불같이 화를 냈지만
나는 베신이 하나도 아깝지 않았고
앓던 이 빠진 것처럼 개운하기만 했다

비얌괴기

쫄멋거리며 맨발로 들어서는 나를
무슨 근심에 겨워선지
물끄러미 바라보던 어머니는
그럴 줄 알았다는 듯 걸레를 내던지며
발바다기나 깨까시 닦으라셨다
걸레에 발바닥을 닦으면서 그놈의
베신 종노릇에서 벗어나 이제는
맘 놓고 맨발로 다녀도 되겠구나싶어
한결 마음이 가벼웠다

내 베신 잃어버린 게
자기 잘못이라도 되는 것처럼
복철이는 더 살갑게 나를 챙겼다

“너 비얌괴기 머거봤냐? 물비얌만 아니면
비얌들은 다 머거도 되능 거시여”

복철이는 물뱀 아닌 다른 뱀들이 잡히면
곧바로 껍질 벗겨 토막을 내고

빈 도시락에 담아 그 토막들을 구웠다

때려잡을 때 껍질 벗길 때 토막낼 때
토막들이 도시락 안에서 꿈틀거릴 때마다
구운 토막을 복철이가 손가락으로 집어
내 입에 넣어줄 때마다 진저리를 쳤지만
나는 진저리치는 나를 어렵사리 감췄다

받아먹는 토막들은 뜻밖에 씹을 만했다
닭고기 냄새가 났고 닭고기보다
훨씬 부드럽고 찰지고 고소했다

“너 깨구락지 괴기도 조께 머거불래?”

복철이는 또 가끔씩 나에게
개구리 뒷다리구이를 먹였다
개구리 뒷다리구이 또한
닭고기 냄새가 났고 닭고기보다
부드럽고 찰지고 고소했다

그 구이들을 먹는 동안
아이들의 놀림감이던 내 서울 말투도
부드럽고 찰지고 구수하게
나도 모르게 바뀌어갔다

뺑쟁이나 허풍쟁이나

몸통이 네 아름도 넘는
은행나무 품 넓은 그늘 아래
한쪽에서는 어른들이 장기를 두고
그 뒤에서 우리 꼬맹이들은
허풍쟁이 허생원 앞에 둘러앉아
옛날얘기 하나만 해달라고 졸랐다

“잠든 호랭이 가죽 베끼넌 이예기 혀주까?”
“그건 메뺀이나 드러쓩게 딴 거 혀줘유”
“그러면 오널 내가 직접 겨끈 이예기 혀주까?”
“어디 한번 혀봐유”
“오널 새보그 썰렁혀서 자믈 깨가꼬 보닝게
아 봉창무니 할짝 열려 이떠라고, 그리서
그 봉창문 닫고 다시 까무룩 자미 드는 차민디
아 글씨 이따마난 황구렝이가 주둥이를 짝 벌림서나
나한티 달라들지 안컨냐? 그리서 내가 잠쩌르
그노므 황구렝이 벌린 주둥아리를 두 소느로
쫘악 찌저버링게넌 구렝이 테가리 뺵다구드리
우드득우드득 뿌러지고 그 뺵다구들 우드드득

뿌러지는 소리 땜시 깜짝 놀래서 깨보닝게는
아 글씨 황구렝이넌 온디간디 업꼬
봉창문 문쌀드리 다 뿌러져 이찌 안컨냐? 그리서
대목쟁이한티 그 봉창문 조께 고쳐달라고 시방
사정사정 부탁혀노코 나오는 기리란다"

은행나무 몸통 뒤에서 장기 두던 황영감이
그 소리 다 듣고 있었던지 말을 건넨다

"구렝이 테가리예 무슨노므 빽다구가 이땅가?
듣다듣다 첨 듣는 소리네"
"아 글씨 그렁게 꿈소기라고 안 현능가?"
"아 글씨 아뜰한티 뻥쟁이 노릇 좀 고만 좀 히여"
"뻥쟁이라니? 시방 어따 대고 시비랑가?"
"뻥쟁이나 허풍쟁이나 다 가튼 말 아닝감?"
"똥이 무서서 내가 피해갈라네
다 운니라고 허는 소링게
매급시 시비 걸지 말더라고 잉?"
"아 글씨 고만조만 좀 허셔유

재밋넌 이예기 드름서나 무슨 시비대유?”

두 영감님 주고받는 말을 맞받아
꼭 끼어들고픈 말을 꼬맹이들은 꾹꾹 참는다

딱 한 모금

"그런디 영감님, 구렝이 이예기넌
옌날 이예기가 아니자너유?
진짜배기 옌날 이예기 하나만 혀줘유"

"느그뜰 이또오 히로부미라는 넘 아냐?"
"무슨 왜넘 이르민가유?"
"아 이등방무니라는 왜넘이 안 이썬냐?"
"그 이등잉가 삼등잉가 허넌 넘 잘 알지유"
"우리 안중근 으사가 그노믈 육철포로다가
만주 하루삔여그서 탕탕탕 쏴죽인 이예기넌
다덜 알고 이찌? 그 때 이예긴디 마리여,
우리 안중근 으사가 그노믈 쏴죽인 직후에
육철포를 땅바다게 내던져뻬리고설라무네
곧바로 골련 한 대 꼬나물고 불을 부쳐
골련 연기럴 딱 한 모금 빠러머건는디,
얼매나 기피 빠러뗀지 아 글씨 딱 한 모그메
대버네 필타까지 부리 부터버려서
안으사 선상님 송까라기 뜨겁더란다"

장기 두던 황영감이 또 한 마디 거든다

“아아니, 그 때가 어느 때간디 골려네
필타가 부터떠랑가? 그진말 좀 작작히여”
“아 글씨 그렁게 이예기 아닝가?
이예기라능 거시 월래 다 그렁 거시여”

“아니 그까진노므 필타가 무신 벨거시라고
우리 안중근 선상니믈 씨버대고
우리 허영감님까지 또 씹는대유?”

두 영감님 주고받는 말을 들으며
꼬맹이들은 끼어들고픈 말을 꾹꾹 참는디

---

*육철포 : 육혈포(六穴砲), 탄알 재는 구멍이 여섯 개인 권총.
*골련 : 궐련, 종이로 말아놓은 담배. 궐련의 원래 말은 권연(卷煙).

가물치 낚시

용식이가 가물치 낚시 가자고
수일이와 한익이만 따로 불러냈다
몇 마리 잡힐지도 모르면서
여럿이 가면 가물치 나누기가
잡기보다 더 어려울 거라고 했다

갈치 뱃속에서 나온 굵은 낚싯바늘에
두어 발 남짓 굵은 낚싯줄을
지팡이만 한 막대에 묶은 다음
논두렁 근처 개구리를 잡는다
개구리 입에 성냥개비 분질러 끼워
입 못 다물게 한 뒤 개구리 등에
갈치 낚싯바늘에 끼우면
용식이 가물치 낚시 준비는 끝난다

수일이와 한익이는 가물치 담을
커다란 양철통을 번갈아 들고
용식이는 입 벌린 개구리를 들고
들판 가로지르는 부용강 옆구리

둠벙으로 간다 둠벙 둔덕 가까운
물풀들 사이 두리둥실 엉긴
가물치 알만 찾으면 된다

물풀들 사이 두리둥실 엉긴
가물치 알 더미에 개구리를 던지면
시키잖아도 개구리는 네 다리를 내두르고
가물치 알들이 벌어진 개구리 입으로
들어갈 듯 들어갈 듯한 바로 그 때
그 밑에서 맴돌며 지키던 가물치가
덥석 개구리를 삼킨다
가물치도 내외가 정해져 있는지
가물치 알들이 엉긴 자리에서는
꼭 두 마리씩 쌍으로 잡힌다

꼬맹이들은 그날 두 군데서
어른 팔뚝 만한 가물치 네 마리를 잡았다
무슨 일인지 수일이는 아까부터
수심에 잠긴 듯 말을 거의 하지 않더니

용식이더러 가물치 한 마리만 달라고 한다

한익이 수일이 한 마리씩 주고
두 마리는 자기가 가져야지 싶던 용식이가
얼른 그러라고 고개를 끄덕인다
가물치 담긴 양철통을 들고 수일이가
물풀덤불에 가물치 한 마리를 풍덩 내던진다
고맙다는 듯 물풀 위로 한 번 치솟더니
가물치는 다시 물풀더미에 잠긴다

"아니, 너 시방 미천냐 이게 머더넌 지시다냐?"
용식이가 화난 듯 묻고
"가물치 새끼들이 너무 안씨러서……"
수일이는 말을 잇지 못한다

듣고 있던 한익이 혼자
고개를 끄덕인다 엄마 아빠 없이
누나와 단둘이 사는
수일이 속내가 짚여져서다

"나도 한 마리만 도라"
한익이도 한 마리 꺼내어 물풀에 던진다
이번에는 치솟지 않고 그냥 잠긴다
어이없는 듯 엉거주춤 서 있던 용식이가

"어쩐지 나도 아까아까부터 꼭
죄로 갈 건만 가터서 소기 껄쩍지근허더라
오너른 나도 존 닐 한 번 혀보자"

풍덩 풍덩 가물치들을
더 멀리 물에 던진다

모처럼 어깨동무를 한 꼬맹이들은
당당한 빈손인 채 개운하게
노을 비끼는 마을로 돌아왔다

미신과 확신

한겨울 주막집 골방 노름판에는
젖은 옥수수수염 만진 손에
밤새도록 끗발이 선다는 해묵은 미신과
그걸 확신하는 노름꾼들이 있었다
봉순이네 할머니 한참 잘나가던 시절의
수북하게 꼬실거리는 사타구니 털을
그 노름꾼들은 옥수수수염이라고들 했더란다

그 골방 노름꾼들은 누구나
막걸리 한 되 값이면 그 수염을
수월하게 만질 수 있었고
수염 흠뻑 젖게 한 남정네들을
여인네는 그냥은 내보내지 않았더란다
살을 섞으면 끗발 서기는커녕 재수 옴 붙어
밤새도록 끗발이 죽는다는 미신도
골방 노름꾼들의 확신이었지만

그냥은 안 내보내려는 여인네와
수염 흠뻑 젖도록 만지기만 하고

그냥 나가려는 사내의 실랑이가
그리 오래 걸리지는 않았고 거의 다
재수 옴 붙더라도 살을 섞었더란다

헤픈 사랑도 세월도 다 잃은
일흔도 넘은 꼬부랑 할머니에게
수염 만지려는 노름꾼도 젖은 수염도
실랑이질도 이제는 없다
옥수수수염에 얽힌 미신과 확신과
그 실랑이질이 그 마을에는
어느덧 옛날얘기 되어 떠도닌다

땜쟁이 노래

구녁 난 냄비 때워유
솥단지 금간 디 때워유
내오가는 금간 디도
소문 안 나게 감쪽가치 때워드려유

풀무 화덕 어깨에 메고
이 마을 저 고을 드나든다고
괴얀스레 의심허지 마러유
들락날락 들락날락험시나
밀고 땡기고 밀고 땡기는
풀무지레는 이골나씨유 벌거케
화덕 달구는 디도 이골나씨유

바람난 예편네 바람 구녁도
다시는 바람 안 나게
야무지게 때워드려유
엉겁겨레 빵꾸 난 숫처녀도
암시랑토앙케 때워드려유

엿장수한티 헐갑세 넘기지 마러유
냄비 구녁 바람 구녁
줄줄줄 새는 건 다 때워유
가마솥도 금슬도 금간 건 다 때워유
풀무지레 이골나씨유
화덕 달구는 디도 이골나씨유

야꼽쟁이

해마다 보릿고개 나락고개를 겪는
마을 어른들은 너나없이
다 야꼽쟁이였고, 야꼽쟁이라서
그나마 목숨 버틸 수 있었다

왕복 사십 리 솜리장터나
왕복 육십 리 김제장터를
버스비 아끼려고 걸어다니던
그 마을 야꼽쟁이들 중에도
유난한 야꼽쟁이가 하나 있었다

정영감은 물 한 바가지 들고 뒷간에 간다
누가 따라가서 살피지는 않았겠지만
휴지 아끼느라 손가락으로 밑 닦고
바가지 물로 그 손가락 씻었을 게다

초겨울 초가집 지붕 이을 때
일꾼들은 지붕에 오르기 전에
사다리 옆에 신발 벗어놓고 올라가는데

정영감은 지푸라기에 양말 닳는다고
양말까지 벗은 시린 맨발로
지붕에 올라 일손을 돕곤 했다

서울에서 돈 잘 번다는 아들이
귀 어두워진 아버지 생일 선물로
최신식 보청기를 사드렸는데
굵은귀먹은 정영감은 그 보청기를
약 닳는다고 내내 쓰지 않다가
아들 내외 내려오는 명절에나
벽장 속에서 꺼내어 썼다고 한다

*야꼽쟁이 : 구두쇠의 방언.

아무 일도 없었다는 듯

육백 년 묵은 은행나무 아래
일백여 가구가 옹기종기 모여 사는
들판 끝 야산자락 마재마을에는
이런저런 쟁이들이 살고 있었다

통쟁이 땜쟁이 사진쟁이 갓쟁이
점쟁이 대목쟁이 허풍쟁이 야끕쟁이
아편쟁이 소리쟁이 개구쟁이 방귀쟁이에
바람쟁이도 끼어 한몫 거들었다

바람쟁이 바람둥이 오입쟁이는
같은 말인지 서로 조금씩 다른 건지
손가락질도 때로는 부러움도 받으면서
은밀한 얘깃감을 뿌리던 성민이를
묻지도 따지지도 가리지도 않고
마을에서는 그냥 바람쟁이라 불렀다

뽕밭이든 호밀밭이든 억새밭이든
상대가 굳이 마다하지 않고

일 치를 만하다 싶으면 상대가
곱거나 말거나 일부터 저지르고는
아무 일도 없었다는 듯 다시 마주쳐도
상대가 찝쩍거려도 입 딱 다물고
모르는 체 해버린다는 성민이

다시 안 만나면 소문도 안 난다던가
마을에는 그런 일회용 바람쟁이와
언제 어디서든 눈길 마주치기를
은근히 기다리는 아낙들도 있었다고 한다

바람쟁이 하나쯤

마을 여인네들 일을
성민이는 절대로 입에 담지 않지만
마을 여인네들 아닌 경우
술자리에서 가끔씩 안주 삼을 때도 있었다

어느 초가을 오후 성민이가
낯선 들길을 지나다가
새 보는 아낙네를 덮쳤는데
가마니 깔린 논두렁에 납짝 깔린
그 아낙네, 나이 좀 지긋했던지
자네는 어머니도 없냐고
나무라듯 원망하듯 하면서도
하여튼지 간에 고마운 젊은이라며
성민이 까 내린 볼기짝을 덥썩
껴안으며 쓰다듬으며 하더란다

마재마을 이런저런 쟁이들 지금은
이 세상 사람들이 아니지만
예나 이제나 허망하고 팍팍한 한세상에

그런 바람쟁이 하나쯤 그 마을에
아직도 남아있으면 좋겠다

---

*새보다 : 곡식에 날아드는 새를 쫓기 위해 논밭이나 멍석 따위를 지키다.

2부

질 게 뻔해도

봄비

매화 꽃잎 진 자리

누굴 그리 보고 싶은지

빗방울들 맺혀 그렁거린다

질 게 뻔해도

나는 가끔 티비 프로그램 중
장기 두는 걸 즐겨 본다

다 그런 건 아니지만
고수일수록 질 듯한 판은
서둘러 포기해버리고 하수일수록
질 게 뻔해도 끝까지 둔다

무슨 의로운 일에 목숨 걸어야지 싶어
늙어 병들어 죽는 걸 부끄럽게 여기던
고수인 척하던 시절이 내게도 있었거니

이제 와 돌이켜보면
질 게 뻔해도 끝까지 두는 게
세상에 대한 최선의 예의인 것 같다
최선의 예의일지 마지못한 도리일지
늙어서 병들어 죽는 걸 이제는
당연하게 여기면서

질 게 뻔해도 끝까지 두는
끝까지 시달리는 하수들의 회한이
장기판마다 새삼 되씹힌다

그거 안 먹으면

아침저녁 한 움큼씩
약을 먹는다 약 먹는 걸
더러 잊는다고 했더니
의사선생은 벌컥 화를 내면서
그게 목숨 걸린 일이란다
꼬박꼬박 챙기며 깜박 잊으며
약에 걸린 목숨이 하릴없이 늙는다
약 먹는 일 말고도
꾸역꾸역 마지못해 하고 사는 게
깜박 잊고 사는 게 어디 한두 가지랴
쭈글거리는 내 몰골이 안 돼 보였던지
제자 하나가 날더러 제발
나이 좀 먹지 말라는데
그거 안 먹으면 깜박 죽는다는 걸
녀석도 깜박 잊었나보다

단풍

잊고 싶을수록
더 깊이 번지는 상처가
감출수록 드러나는 소문보다
더 아팠나보다

이 세상 어디에도
더는 못 감출 상처가
골짜기마다 울긋불긋
앞다투어 타오른다

가을밤

남준이 전화가 왔다
전주냐고 물었더니
하동 집 근처 주막이라며
노래나 한 자락 들으란다
내가 대꾸하기도 전에 전화통을
그의 노래가 가득 채운다

"사아라앙허넌 나아예
고오오오히야아아앙얼
하안 버언 떠어나안
이이이이후우우에"

그의 노래는 늘 느려 터져서
들을 때마다 가슴이 미어지고 답답하다
이 가을밤 그의 노래는 가뜩이나 더 느리다
목이 메이는지 뭐가 사무치는지 건너뛰더니
"자아나 깨나 너어에 새앵가악"까지 해놓고
남은 부분은 날더러 불러달란다

노래라는 걸 불러본 지가 실로
얼마 만이냐 나는 서둘러 노래를 잇는다

"이이즈을 수우가아 어업꾸우나
나 언지나 사랑허어넌 내 고향으
다시 갈까 아 내 고향 그리워라"

목에 가래가 끼어 내 귀에도 내 노래는
남준이보다 더 목이 메이는 것 같다

한참이나 넋 놓고
전화통을 들고 있는데
남준이가 젖은 목소리로
성니미 먼저 전화를 끄라고 한다
엉겁결에 전화를 껐다 그리고
전화 끈 걸 깜박 까먹은 채

"가수들은 2절까지 부르더라
나도 가수답게 2절까지 부르마

가을바메 나라오오넌
저 기러기 떼에더라아아아"

가래 끼어 목메이는 내 노래를
꺼진 전화통이 더 목메어 듣는다

---

*남준이 : 박남준 시인,

달밤

떠난 사람 보고 싶어서
풀들은 더 촘촘히 돋아나
텃밭도 마당도 장독대도 두엄자리도
아무 데도 안 가리고 우거지더니

우거지다 지친 풀들 길 잃고
아무 데나 드러눕는 빈집에
술 취한 달빛 가득 고였다

한세상 번번이 길 잘못 들어
영영 길 잃어버린 얼굴들이
달빛 쓰러진 풀밭에 어른거린다

눈 내리는 강가에서

산골짝에 산마을에
들판에 들마을에는 쌓이는 눈
강물에는 곧바로 빠져 죽는 눈

하늘 가득 하늘거리며
어디가 산인지 어디가
들인지 강물인지 몰라
갈팡질팡 정처 없이 휘날리던

세상 가까이 내려올수록
쌓일 데가 마땅찮은지
몸부림치며 휘몰아치며 마침내
목메어 펑펑펑 쏟아지던

그렇게 쏟아지던 눈송이들
강물에 빠지면 흔적도 없다

하필이면 강물에 빠져
허망하고 야속한가

차라리 강물을 만나 한세상
개운하고 깔끔한가

저렇게 흔적 없는 게 좋은 건지
어디든 어떻게든 쌓여 한동안
흔적이라도 남겨야 좋은 건지

눈송이눈송이눈송이눈송이들
약속한 듯 개운한 듯
하염없이 강물에 빠진다

다리 주무르기

"또 비가 올랑가
왜 이러케 삭신이 쑤신다냐"

쑤신다는 다리를 어머니는 가끔
소년에게 맡겼다 어머니 야윈 다리를
소년은 마지못해 주물렀다

"인자 되얐다 고만혀라"

말씀 떨어지기 무섭게
소년은 어머니 곁을 떠나곤 했다
인자 되얐다시던 그 말씀이
아들녀석 힘들까 걱정된 시늉말인 줄
나이 들도록 소년은 까맣게 몰랐다

또 비가 오려나
할아범 된 소년이 오늘은
할멈의 다리를 주무른다

"되얐어 되얐어 팔뚝 아플 팅게
인자 고만 좀 혀"

할멈 말투가 어머니를 닮았다
그만하라는 말 못 듣기라도 한 듯
표정 없이 한 번씩 눈을 꿈적거리며
소년이 된 할아범 오래오래
할멈 다리를 주무른다

봄밤

치매 깊으셨던 우리 천이두 선생님
돌아가시기 몇 해 전
꽃잎 어지럽게 흩날리는 봄밤에
전주 거리를 정처 없이 헤매다가
택시 기사에게 고향에 가자고
한 말씀 내뱉고는 이내 잠드셨고
모처럼 장거리 손님을 태운 택시는
신나게 달려 경기도 땅 고양에 와서
선생님을 흔들어 깨웠다던데

어느 발길이 이 봄밤에 또 그렇게
꽃잎 휘날리며 택시를 잡아탈꺼나
고향 가는 길 깊이 잠들었다가
오가는 택시비나 왕창 물어줄꺼나

고향길 주억거리던 봄밤이
하릴없이 집으로 간다
흩날리는 낯익은 꽃잎들이
꼭 가야 할 길을 다투어 묻는다

유리창에 얼핏얼핏

만날 때마다 하근이는
허리 좀 펴고 살라고 잔소릴 했고,
굽은 게 허리 아닌 등짝이라고
번번이 일러두어도 하근이는 번번이
허릴 펴라고 되씹곤 했다

내 구부정한 모습 유리창에
얼핏얼핏 비칠 때마다
무슨 대단한 짐이라도
짊어지고 살아온 것 같아
이 세상에 얼핏 민망하기도 하거니와

고집스럽던 하근이 모습
얼핏얼핏 되살아나
유리창 앞 발길 멈추고 서서
오가는 세월 우두커니 곱씹어본다

---

*하근이 : 몇 해 전 타계한 문학평론가 오하근.

매미소리

늦여름 매미들이 극성스레 운다
저게 암컷 유혹하는 소리라던데
짝짓기 끝나면 수컷들은 곧바로 죽고
암컷들은 조금 더 살다가
산란 끝나면 이내 죽는다던데
그렇게 목숨 건 처절한 향연이라서
저다지도 극성인가

맴맴 싸르르
맴맴맴 싸르르르

두어 번 맴맴거리다 싸르르르 싸지르는
다급한 조루증 매미들도 있고
열대여섯 번 넘도록 맴맴거리는
지구력 좋은 느긋한 놈들도 있다

다급한 놈 느긋한 놈 모두
목숨 걸린 줄도 모르면서
제풀에 겨워 맴맴거리나

목숨 걸린 걸 알고 저렇게
악착같이 맴맴거리나

맴맴 싸르르
맴맴맴맴 싸르르르

딱히 오갈 데 없는 휴일, 소파에 누워
모처럼 매미소리나 헤아린다 문득
목숨 걸고 우는 매미들이 부럽다

진달래와 철쭉

코로나에 봄을 빼앗겨
맘대로 오도가도 못하는
용인시 기흥구 보라산 기슭
마을버스 종점 피오레아파트
피오레는 이탈리아 말로 '꽃'이라던가
이름값 하려고 작정한 듯 이른봄부터
온갖 꽃들 다투어 피고 지지만
반평생 봄마다 나를 들뜨게 하는
해맑은 진달래는 없다

진달래 없는 아침저녁
이빨 빠진 듯 새는
길 잃은 봄바람
온갖 봄꽃들 피고 지는 동안
길 잃은 바람은 오로지
진달래만 보고 싶었다

봄꽃들 대충 피고 진
꽃보다 고운 연초록 물결 사이로

진달래 보듯 날 좀 보라며
어디론가 달아나 한바탕
바람피다 돌아온 화장빨로
부끄럼도 잊은 철쭉꽃 핀다

눈 오는 밤

아침저녁은
그냥 지나가던데
밤은 왜 꼭 깊어지는지

가을 겨울이여
뉘우침이여 외로움이여
당연한 듯 속절없이
깊어지는 것들이여

가을은 이미 깊이 잠겼고
더 깊어진 겨울 다가와
쓸쓸함도 병처럼 깊어

그 깊이 가늠하느라
밤 깊은 캄캄한 세상
허옇게 허옇게 눈이 쌓인다

밤에 우는 새

아침에 배고파 울고
저녁에 임 그리워 우는
그런 아침저녁 다 놓아버리고

세월이 흘러도 방방곡곡
깊은 밤 콕콕 찍어 우는
산천은 안다고 방방곡곡
밤 깊도록 우는 새들

어느 봄 여름 가을에도
이 나라는 밤이 너무 짧다

마지막 잎새

살 날 얼마 안 남아선지
마지막 만남 마지막 가을 등등
마지막과 함께 쓰이는 말들이
나도 모르게 자주 맘에 걸린다

내일이 지구 마지막 날이라 해도
오늘 사과나무를 심겠다던 이도
그의 마지막 말은 사실
그렇게 사치스럽지 않았을 게다
조선 없는 지구는 필요 없다는 막말도
설마 마지막 말은 아니겠지

그런 사치스런 말도 막말도 다 아닌
남겨야 할 말이 꼭 있다는 듯이
마지막 잎새 하나 창 밖에
이 악물고 대롱거린다

무등산에도 무등은 없다

백두에는 눈에 묻힌 산마루가 있고
설악에 눈 쌓인 골짝은 있어도
무등산에 정작 무등은 없다
악착같이 등급을 다투는 감투와는 달리
죄 없는 산천이야 그 등급이 없을 테지만
저 계곡과 봉우리와 능선과 층암절벽처럼
이 세상에는 천차만별이 끝끝내 있어

선사(先史)의 어느 현인이 그 천차만별을
에라 모르겠다 눈 딱 감고
캄캄한 힘으로 무등이라 일렀던가
어떤 이는 그걸 자비라 읽고 어떤 이는
평등이라 혁명이라 짐작도 해보지만
그것들 모두 오르내리는 발길에
쓰라린 꿈으로 밟힐 뿐
무등산에도 아직 무등이 없다는 걸
발길마다 캄캄한 힘으로 되새긴다

백산(白山) 백비(白碑)

이런저런 사연으로 글을 새기지 못한
그런 비석을 백비라고 한단다
제주 4.3 평화공원 기념관에 아직껏
길게 누운 백비도 그 중 하나다

식민지시절 내내 감옥을 드나들며
조선의 호랑이로 불리던 지운(遲耘) 김철수 선생도
조국 분단이 시작되던 해방공간에
고향마을 백산(白山) 토담집에 낙향해서
꽃과 나무와 지필묵을 벗삼다가
당신 무덤 앞에 백비를 남기셨다

청백리 박수량의 고결한 삶에
행여 누를 끼칠까싶어 후세인들이 감히
한 글자도 못 새겼다는 장성 백비는
후세의 존경이 담겨 전해오거니와

남길 말 너무 많아서 차라리
한 글자도 못 새기게 하셨나

목숨 걸고 평생을 못 잊은
조선독립 때문에 조국통일 때문에
끝끝내 마음 비우지 못하셨나

지운 선생의 이 백비에
한낮의 구름 그늘이 어른거린다
식민지시대의 미군정청의 치안유지법
반공법 국가보안법의 망령들이 어른거린다
체념과 절망의 기다림, 언젠가 맘 놓고 새겨질 역사가
이 백비에 함께 어른거린다

---

*김철수(1893~1986) : 고려공산당 창립. 대한민국임시정부 국민대표회의 참가. 한국정신문화원에서 『지운 김철수』 자료집 발간. 부안 백산고등학교에 추모비 세움.

민망한 꽃들이

대통령씩이나 해먹다
쫓겨 온 뜨락에도
무심한 봄은 찾아와
민망한 꽃들이 흐드러졌다

빼도박도 못하는 거짓말처럼
민망하거나 말거나
볼 테면 보라고 흐드러졌다

억울한 게 어디 꽃뿐이랴
이골 난 거짓말에 번번이 짓밟힌
빼도박도 못하는 봄날이 간다

도보다리

남북 정상들
사진기자들도 저만큼
돌려보내고
곁에 아무도 없이

단둘이 만나는 저
분단의 숲길
단둘이 만나는 저
회심의 다리가
어쩌면 저다지도 호젓한지요

아무리 호젓해도
속내는 꺼내지들 마세요
낮말은 새가 듣는답디다

남는 시간

살 날 얼마 안 남은
내 또래들은 입을 모아
그래도 남는 건
시간뿐이라고들 한다

희롱인지 자학인지 저준지
씹힐 게 도무지 없는,
밑 없는 함정에
무작정 고이는 시간들

밑지고 살아도 남는 시간
남는 건지 남은 건지
집안에도 길가에도 숲속에도
아무데나 함부로 널부러진
널널한 그 시간들더러

함부로 야코죽지 말고
함부로 내버리지 말고
함부로 바닥내지 말고

쫀득한 세월에 합류하라고
숲속 온갖 새들이
온갖 해맑은 소리로 지저귄다

한몸 되기 그리 쉽던가

외로움 그리움 쓸쓸함이
쉽게 구분되던 시절도 있었다
언제부턴가 그것들
따로따로 짚기가 어렵다

그것들 한몸 되기
그리 쉽던가 암수컷도 애초엔
한몸이었다던데 그것들도
애당초 한몸은 혹시 아니었나

나도 몰래 함부로
몸 섞어버린 그 길을
한밤중 잠에서 깨어
맨정신으로 헤아려본다

봄꽃

앞뒤 안 가리고
일부터 저질러버린
아슬아슬한 사랑들이
어떻게든 그럴듯한
로맨스가 되고 싶어서
잎도 피기 전에 저렇게
흐드러진 꽃으로 핀다

발문

쓸쓸함의 깊이를 가늠하는 시

김영춘(시인)

1. 느릿느릿 휘적휘적

며칠 뒤에 다시 만날 사람이라서 술 한 잔을 잠깐 나눈 후에 헤어졌는데도 그 마음이 예사롭지 않은 날이 있다. 그런 날은 어쩔 수 없이 쉽게 잠들지 못하고 뒤척이고 마는데, 하물며 우리들을 각별히 아꼈던 정양 선생님과 함께 있다가 헤어지는 자리라면 어쩌겠는가? 그런 날은 다른 날보다 더 특별하게 하룻밤의 잠을 설치고 만다. 그 자리에서 나눴던 몇 마디 말들이 그 밤을 휘어잡고 놓아주지 않을 때도 있지만, 대개는 벌겋게 타오르는 저녁노을이나 어슴푸레 어두워져 오는 무채색의 무늬들이 내 안으로 스며들어 오는 것을 감당하지 못해서이다. 이런저런 생각의 속도는 몹시 느리기까지 해서 결국 하룻밤을 새울 수밖에 없게 된다.

몇 해 전에 선생님은 전주를 떠나 용인으로 가서 지내

게 되었는데 선생님이 없는 전주가 허전해질 때마다 이 느리게 번져가는 속도와 빛깔을 머릿속에 그려보는 것으로 그 허기를 달래보곤 했다. 아마도 나는 선생님을 만나서 살아오는 동안에 벌겋게 타오르는 전라도 쪽의 노을이나 어두워오는 저녁 어스름의 빛깔을, 선생님의 시와 인생을 둘러싼 배경의 한 부분으로 받아들였지 않았을까 하는 생각을 해보기도 했다.

만날 때마다 하근이는
허리 좀 펴고 살라고 잔소릴 했고,
굽은 게 허리 아닌 등짝이라고
번번이 일러두어도 하근이는 번번이
허릴 펴라고 되씹곤 했다

내 구부정한 모습 유리창에
얼핏얼핏 비칠 때마다
무슨 대단한 짐이라도
짊어지고 살아온 것 같아
이 세상에 얼핏 민망하기도 하거니와

고집스럽던 하근이 모습
얼핏얼핏 되살아나
유리창 앞 발길 멈추고 서서

오가는 세월 우두커니 곱씹어본다

「유리창에 얼핏얼핏」 전문

평론을 하셨던 오하근 선생님과 생전에 서로 주고받았던 조각 말들이 시를 이루었다. 화자는 여전히 굽은 등을 펴지 못한 채 유리창 옆을 스쳐가고 있다. 떠나간 친구와 함께 지나쳐 왔던 세월을 곱씹어 보는 화자의 눈길이 읽는 사람의 어딘가를 저릿하게 하고 있지만 나는 엉뚱하게도 '오가는 세월'이나 '저릿함' 대신에 '굽은 등'으로 몸을 숙인 채 휘적휘적 걸어가는 선생님의 뒷모습이나 떠올려보는 데에 정신이 팔려 있다.

선생님은 원래 몸이 크다. 크지 않은 곳이 없다. 손이며 발이며 머리며 눈 코 입 모두가 크고 길쭉길쭉하다. 목소리까지 낮으면서도 우렁우렁하다. 그 덕에 우리는 어디에 있어도 선생님을 알아볼 수가 있다. 모두가 한 눈에 알아보는 이 커다란 키를 데리고서 한 생애를 지내오셨다. 하지만 살아온 날 어디에 고개를 들어 바라보고 싶은 하늘이 있었겠는가? 머리를 항상 떨구고서 걷는다. 그래서 나 또한 '굽은 게 허리가 아닌 등짝'이라는 이 시 구절이 맞는 말씀이라고 맞장구를 쳐본다. 몸이 앞으로 넘어올 듯 말 듯 등을 숙인 채 두 발은 땅바닥을 끌다시피 걸음을 내딛는다. 영추니 잘 있어 잉~ 이것은 선생님이 우리와 헤어질 때 보여주는 뒷모습이다. 느릿느릿 휘적휘적. 벌

건 노을 같은 빛깔을 등 뒤로 늘어뜨리고서는 전주에 잠깐 들렀다가 용인으로 가신다. 이래서 정양 선생님과의 작별은 그때마다 오래 걸린다.

2. 민화(民畵)로 되살아난 시

정양 선생님이 돌아오셨다. 직접 오신 게 아니라 단지 원고만 보내 오셨다. 한 번 읽어들 봐아~. 넘기는 시편마다 김제군 공덕면의 마재라고도 부르는 마현리에서의 어린 시절 이야기가 가득이다. 원래 김제에서 태어나셨지만 1949년 무렵에 종가가 있는 마재로 와서 살게 되었다고 하니 한국전쟁을 앞뒤로 한 삶의 흔적일 것이다. 그 헐벗고 가난한 시절의 아이들과 어른들이 이렇게 각각으로 빛나는 인간의 모습일 수 있다니. 감당할 수 없을 만큼의 소박하고 솔직한 생활의 이야기를 읽어가다가 잘 갈무리된 마재마을의 민화를 발견하고 만다. 전쟁 직후의 고통과 절망이 시인의 붓끝에서 마재 민화로 되살아나고 있다. '아무 일도 없었다는 듯이' 아이들은 저희들끼리 몰려다니고, '알고 그러는지 모르고 그러는지' 어른들은 호통을 치다가도 아이들을 끌어안는다. 시적 긴장을 위한 시적 장치들은 어디로 사라졌는지 그 흔적조차 찾을 수가 없다. 이제 선생님에게는 시를 이루기 위한 시적 장치들이 더 이상 필요 없게 되었기 때문일 게다. 옳다거나 그르

다거나 아니면 또 다르게 말할 수 있는 가치에 관한 관념들을 이렇게 단순화하여 사람만을 향하게 할 수 있다니. 시를 읽는 내내 재미있기도 하고 부럽기도 하고 놀랍기도 하다. 1942년의 태어났을 무렵부터 해방공간과 전쟁이라는 근현대사의 상처를 끌어안은 채 살아야 했던 한 시인이 드디어 민화 속 화폭으로 피어나서 김제 만경 들판을 건너 오시나보다. 저기 저 먼 하늘 쪽 지평선을 향해 훌훌 풀어놓으시나보다. 시로 이루어진 마재 민화의 화첩을 한 장 한 장 넘기는 동안 나는 그동안 나의 시 공부를 통해 미처 경험해보지 못했던 커다란 후련함을 맛보게 된다.

육백 년 묵은 은행나무 아래
일백여 가구가 옹기종기 모여 사는
들판 끝 야산자락 마재마을에는
이런저런 쟁이들이 살고 있었다

통쟁이 땜쟁이 사진쟁이 갓쟁이
점쟁이 대목쟁이 허풍쟁이 야꼽쟁이
아편쟁이 소리쟁이 개구쟁이 방귀쟁이에
바람쟁이도 끼어 한몫 거들었다

「아무 일도 없었다는 듯」 부분

이 시집에는 통쟁이, 땜쟁이, 사진쟁이, 갓쟁이, 점쟁이, 대목쟁이, 허풍쟁이, 야꼽쟁이, 아편쟁이, 소리쟁이, 개구쟁이, 방귀쟁이, 바람쟁이 같은 무슨 무슨 쟁이들 말고도 다른 수많은 마재 사람들이 등장하여 그 시절 삶의 주인공이 되고 있다. 그중에서도 가난한 시절의 나그네처럼 동네 고샅을 어슬렁거리던, 나그네치고는 목청이 좋고 흥이 넘치던 '땜쟁이'에 제일 먼저 눈길이 간다.

구녁 난 냄비 때워유
솥단지 금간 디 때워유
내오가느 금간 디도
소문 안 나게 감쪽가치 때워드려유

풀무 화덕 어깨에 메고
이 마을 저 고을 드나든다고
괴얀스레 의심허지 마러유
들락날락 들락날락험시나
밀고 땡기고 밀고 땡기는
풀무지레는 이골나씨유 벋거케
화덕 달구는 디도 이골나씨유

바람난 예편네 바람 구녁도
다시는 바람 안 나게

야무지게 때워드려유
엉겁겨레 빵꾸 난 숫처녀도
암시랑토앙케 때워드려유

엿장수한티 헐갑세 넘기지 마러유
냄비 구녁 바람 구녁
줄줄줄 새는 건 다 때워유
가마솥도 금슬도 금간 건 다 때워유
풀무지레 이골나씨유
화덕 달구는 디도 이골나씨유

「땜쟁이 노래」 전문

전쟁 이후로도 20~30년이 넘게 물자가 형편없이 부족했으니 아끼는 방법만이 살길이었던 시절의 이야기이다. 그래서 쉬지 않고 '금간디를 때워'야 하고 '구녁 난디도 때워'야 하는데 때를 맞춰서 땜쟁이가 '땜쟁이 노래'를 부르며 동네를 누빈다. '감쪽가치 때워드리'겠다고 '암시랑토앙케 때워드리'겠다고. 나는 이런 일에 '이골나씨유'라고 외치고 다닌다. 심지어는 "바람난 예편네 바람구녁도 / 다시는 바람 안 나게 / 야무지게 때워"드리겠다며 사람들의 웃음통을 흔들어놓는다. 마치 가난의 축제를 보고 있는 듯하다. 전쟁 직후의 고단한 삶을 한바탕 웃음으로 이겨나가는 모습이 시인의 입을 통해 쏟아져 나오는 탯

말과 어우러지며 이 세상 가운데 가장 자연스러운 노래로 피어나고 있다.

특히나, "이 마을 저 고을 드나든다고 / 괴얀스레 의심허지 마러유 / 들락날락 들락날락험시나 / 밀고 땡기고 밀고 땡기는 / 풀무지레는 이골나씨유 벌거케 / 화덕 달구는 디도 이골나씨유"에서 보는 것처럼 원래부터 그렇게 써왔다는 듯이 전라도의 탯말을 소리 나는 대로 이어 적어 나간다. 어떤 때는 솔직하게 또 어떤 때는 의뭉스럽게. 역시 말속에 숨어있는 깊은 정서를 우러나게 하는 데에는 우리들의 입과 몸에 익숙한 말보다 더 대단한 언어가 있을 수 없다는 사실을 다시 한 번 확인하게 된다. 사실 오늘 우리는 전쟁 직후의 삶을 떠올리며 '땜쟁이 노래'를 이야기하고 있지만, 늘 실패와 상처투성이의 인생을 끌고 다니는 우리가 먹고 사는 일이 좀 풍요로워졌다고 해서 금가고 구멍나는 곳이 왜 없겠는가. 그 시절 마재 고샅을 떠돌던 땜쟁이가 살아 돌아와 내가 사는 곳에 들러서 나를 좀 때워주고 갔으면 좋겠다는 생각을 해보기도 한다.

옛날 세상과 요즘 세상을 비교하는 것 자체가 우스운 일이 되었지만 도둑놈과 도둑질에 대한 세상 사람들의 평가나 평판에 관해서 만큼은 별반 다르지 않을 것이다. 그런데 이번 마재 시편에는 우리에게 어쩌면 잊혔을지도 모르는 도둑질에 관한 특별한 시 세 편이 재미나게 숨어 있다. 두 사람의 주인공인 '여산댁'과 '도둑놈'이 어찌 되려나? 조마조마하다가 '이제 괜찮겠구만' 하고 안심하는 순간, 도둑놈과 도둑질을 넘어서는 훈훈한 사람의 마음이 시 행간을 넘어 우리에게 온다.

외동딸 시집보내고 혼자 사는
여산댁 외딴집에 도둑이 들었다
안방문 소리없이 따고 들어온
어두운 붉은 손전등 불빛이 안방 벽장문
문고리 어름에 어른거릴 때
아까부터 숨죽여 지켜보던 여산댁이
"도독이야 도독이야"
연거퍼 큰 소리로 내질렀다

"하따, 간 떨러지거따 이녀나"
저도 모르게 손전등을 떨어뜨린 도둑이
손바닥으로 여산댁 입부터 막으려 한다
"어따대고 년짜냐 이 도동노마 너 멧살 처머건냐?"
"이 판국에 나이가 무슨 개뼉다구냐 이녀나"
야무진 몸으로 여산댁을 짓누르며 목을 조르려 든다

"확 쥑여뻐리는 수도 이씅게 꼼짝마러 이녀나"
"그려 확 쥑여뻐려라 쥑여뻐려 이 도동노마"

옥신각신 짓누르는 덩치를 손발로 밀쳐내다가
얼핏설핏 도둑의 거시기가 손에 닿기도 한다
"아니, 이년이 환장현능개비네 거그가 시방 어디라고
더듬능 거시여 더듬기를"
"오매 환장허건네 더듬기는 누가 더듬어 이 도동놈아
지꺼시 빼뺏혀징게 자꾸 소네 단능구만……"
말 마치기도 전에 부르르 떨던 여산댁 몸이
한꺼번에 허물어진다 도둑도 말없이
여산댁 허물어진 몸을 속속들이 챙긴다

거친 숨 섞인 허물어진 몸소리들 잦아들고
입지도 벗지도 않은 채 맞붙은 몸들이
버려져 뒹구는 손전등 불빛에 얼비친다
숨가쁘던 방이 한동안 고요에 잠긴다

"나 오널 도독질은 그만둘란다"
년짜 빠진 도둑의 말투가 사뭇 부드럽다
"씹도독질은 도독질 아니냐? 이 도동노마"
도동노마를 달긴 했어도 여산댁 말투에도
허물어지던 몸소리가 아직 묻어 있다
"도독질 당헐라고 잔뜩 지둘려떵만 뭔 딴소리여?"
"그려, 사내맛 본 지 오래 되야따 이 날도동노마"
"암만혀도 그 도독질 한 번 더 혀야 쓰거따"

몸 허물어지는 소리들이 한바탕 더
외딴집 새벽을 휩쓸고 지나갔다

주섬주섬 옷을 챙겨 입은 도둑이
그림자처럼 싸립문을 빠져나가고
다 알고 있다는 듯 닭장에서 홰를 치며
유난히 길게 목청을 뽑는 첫닭이 운다
아직껏 입지도 벗지도 않은 여산댁이
도둑이 사라진 싸립문을 건너다보며 중얼거린다

"오너른 내가 나 아닌 건만 가트다 아니
오너른 내가 참말로 나 가트다 이 도동노마"

「도둑질」 전문

도둑질을 하러 여산댁의 담을 넘은 도둑놈의 입에서 "나 오널 도독질은 그만둘란다"는 힘빠진 소리가 흘러나온다. 인간은 힘이 빠져야만 원래의 인간으로 돌아가는 것인지 이제 도둑놈은 도둑놈이 아니라 안 보면 기다려지는 괜찮은 사내가 된다. 신혼부부의 첫날밤처럼 닭이 목청을 뽑아 울어 올 때쯤 도둑놈은 사립문 밖으로 사라지지만 "오너른 내가 나 아닌 건만 가트다 아니 / 오너른 내가 참말로 나 가트다 이 도동노마"를 여산댁이 한숨지어 뇌까릴 때 도둑놈의 이야기가 여기서 끊어지지 않고 계속

될 것 같은 느낌이 온다. 아니나 다를까? 여산댁과 도둑놈은 궂은비 오는 늦가을에 다시 만나는데 이번에는 "여산댁이 도둑 알몸에 홑이불을 덮어준다"(「다시 만나는데」).

여기서 우리는 지지리도 가난한 사람들끼리, 지지리도 외로운 사람들끼리 서로 기대다가 함께 눕는 데서 생겨나는 훈훈한 살냄새를 맡는다. 이럴 때는 도둑질은 무엇인지 도둑놈은 누구인지에 대한 부질없는 생각도 스쳐 간다.

하지만 마재 시편에서의 '도둑질'은 여기서 끝나지 않아서 여산댁의 집에 짚벼눌을 훔치러 왔던 점쟁이 할머니로 이어지는 길고 긴 서사구조를 갖는다. 점쟁이 할머니가 짚벼눌을 훔치러 왔던 그 밤이 하필이면 꼭 도둑질의 그 밤이었으니 이 일을 어쩌랴. "우리 둘만 알고 입 딱 다물자고 손가락 걸며 약속한 마을 아낙들이"(「짚 한 다발」) 하룻밤 사이에 다섯 명을 넘게 되었으니 어쩌랴. 시인의 입을 통해 드디어 우리들의 귀에까지 들어오고 말았으니 어쩌랴. 아무리 죽겠어도 여기저기에 익살과 멋스러움을 남겨놓고 마는 이런 서사구조는 젊은 날에 임방울 소리에 취한 날이 있었다는 선생님의 판소리 공부에 그 뿌리가 있었으리라.

서울효제국민학교에서
김제공덕국민학교로 전학 왔던
육이오 한 해 전 3학년 때

공덕학교 아이들은 모두 맨발로 학교에 다녔다
내 하늘색 운동화를 아이들은 베신이라 했고
나를 베신 신은 놈이라 부르기도 했다

맨발로 학교에 다니는 아이들을
처음엔 이상하게 여기다가 며칠 뒤부터
길가 다박솔 밑에 신을 감추고
나도 맨발로 학교에 다니기 시작했다

처음 며칠은 발바닥이 따끔거려서
건중건중 비틀거리기도 했지만
나도 모르게 맨발에 익숙해져서
다박솔 밑 신발을 몰래 꺼내어
그걸 신고 집에 오는 발길이
오히려 어색하고 무거웠다

나만 안다고 믿던 그 다박솔 아래
누가 보나 안 보나 주위를 살피며
신발 꺼내려는 내 손에
뭉클하니 차디찬 것이 쥐어졌다
깜짝 놀라 신발 속 죽은 뱀들을
황급히 내버리는 나를 보고
저만큼 무덤 뒤에서 복철이가

깔깔거리며 달아났다

"너 거기 안 설래?"
잡히면 쥐어 패기라도 할 것처럼
내가 소리소리 지르며 뒤쫓았지만 실은
달아나는 복철이가 고맙기도 했다
복철이는 나보다 세 살 위였고
뜀박질도 쌈박질도 내 몇 수 위였다

어느 날 그 다박솔 아래 베신이 없어졌다
훔친 놈 누구든 걸리기만 하면
내 손으로 당장 쥑여뻐린다면서
복철이가 불같이 화를 냈지만
나는 베신이 하나도 아깝지 않았고
앓던 이 빠진 것처럼 개운하기만 했다

「베신」 전문

몇 년 전에 선생님의 시집 『헛디디며 헛짚으며』가 나왔을 때다. 전북작가회의에서 고향을 떠나 있는 선생님을 모셔다가 출판기념도 할 겸해서 문학기행을 기획했었다. 장소가 김제 공덕면 마현리(마재)였다. 나뿐만 아니라 같이 갔던 모든 이들에게 오랜만에 의미 있는 하루였는데 그중에서도 선생님의 선영에 들렀던 일을 잊을 수가 없다. 그곳에는 본명은 정판갑이었으나 정을로 개명한 분의 초혼묘가 자리하고 있었다. 1920년 무렵에 와세다 대학으로 유학했다가 관동대지진 때 조선인 집단 학살을 목격하고 돌아 온 뒤에 청년운동과 노동운동에 투신했다고 한다. 두 차례의 옥고를 치르던 중에 한국전쟁이 발발했는데 죽음도 확인할 수가 없고 몸도 찾을 수가 없게 되었으니 초혼묘가 된 것이다. 바로 정양 시인의 아버님이다.

「베신」 또한 시인이 어린 시절로 돌아가서 적어 나간 마재 시편 중 하나다. 복철이가 운동화 속에 넣어놓은 뱀 장난질을 읽으면서 얼마든지 깔깔거려도 좋으련만 그럴 수가 없다. 서울에서 전학 오는 3학년 때가 전쟁 한 해 전이라고 했으니 아버지는 아직도 수감 중이거나 수배 중이었을 것이고 이런 정치 사회적인 상황은 끊임없이 집안을 옥죄어 왔으리라. 시 「베신」에서 친구들은 가질 수 없는 운동화를 나 홀로 가진 채 드러나고 싶지 않았던 초등학교 3학년의 화자를 바라보면서 독립운동가였거나 사회운동가였을 그분을 생각한다. 이미 그 시절에 갑의 착취와 을이 흘리는 눈물의 구조를 확인하였으니 이름을 '정을'로 바꾸지 않았겠는가. 시 속의 어린 화자는 '어느 날 다박솔 아래 베신이 없어졌을 때' "나는 베신이 하나도 아깝지 않았고 / 앓던 이 빠진 것처럼 개운하기만 했다"고 회상하고 있는데 아버지와 어린 아들이 못 만나고 산다한들 서로 무관하지 않았을 것이라는 생각을 해본다.

3. 김제 만경 들판을 건너오는 시

대학 시절이 끝나갈 무렵에 와서야 나는 처음으로 선생님의 존재를 알 수 있었다. 전라도의 농경언어에 담긴 애환을 모아보고 싶었다는 『3인 시집』을 통해서였다. 동진강의 정렬, 금강의 이병훈, 만경강의 정양으로 이름 붙인 시집의 작은 표제를 보면서 그것만으로도 가슴이 울렁이는 나이였다. 금강, 동진강, 만경강이라니! 40년도 더 지난 세월을 거슬러 오르며 김제 만경 들판을 건너오는 선생님의 시를 맞으러 이제 나는 나선다. 멀리서 봐도 한눈에 소박하고 자연스럽게 빛난다. 재미있게 웃는다.

남준이 전화가 왔다
전주냐고 물었더니
하동 집 근처 주막이라며
노래나 한 자락 들으란다
내가 대꾸하기도 전에 전화통을
그의 노래가 가득 채운다

"사아라앙허넌 나아예
고오오오히야아아앙얼
하안 버언 떠어나안
이이이이후우우에"

그의 노래는 늘 느려 터져서
들을 때마다 가슴이 미어지고 답답하다
이 가을밤 그의 노래는 가뜩이나 더 느리다
목이 메이는지 뭐가 사무치는지 건너뛰더니
"자아나 깨나 너어에 새앵가악"까지 해놓고
남은 부분은 날더러 불러달란다

노래라는 걸 불러본 지가 실로
얼마 만이냐 나는 서둘러 노래를 잇는다

"이이즈을 수우가아 어업꾸우나
나 언지나 사랑허어넌 내 고향으
다시 갈까 아 내 고향 그리워라"

목에 가래가 끼어 내 귀에도 내 노래는
남준이보다 더 목이 메이는 것 같다

한참이나 넋 놓고
전화통을 들고 있는데
남준이가 젖은 목소리로
성니미 먼저 전화를 끄라고 한다
엉겁결에 전화를 껐다 그리고

전화 끈 걸 깜박 까먹은 채

"가수들은 2절까지 부르더라
나도 가수답게 2절까지 부르마
가을바메 나라오오넌
저 기러기 떼에더라아아아"

가래 끼어 목메이는 내 노래를
꺼진 전화통이 더 목메어 듣는다

「가을밤」 전문

"가을바메 나라오오넌 / 저 기러기 떼에더라아아아" 남준이는 이미 들어갔는데 전화통으로 2절까지 노래를 부르셨으니 나는 이제 더 이상 말을 잇지 못하겠다.

아침 저녁은
그냥 지나가던데
밤은 왜 꼭 깊어지는지

가을 겨울이여
뉘우침이여 외로움이여
당연한 듯 속절없이
깊어지는 것들이여

가을은 이미 깊이 잠겼고
더 깊어진 겨울 다가와
쓸쓸함도 병처럼 깊어

그 깊이 가늠하느라
밤 깊은 캄캄한 세상
허옇게 허옇게 눈이 쌓인다

「눈 오는 밤」 전문

김제 광활 쯤 너른 벌판에 행여 주막집이 남아 있다면, 가끔씩 창을 열어놓은 채 쏟아지는 눈을 지켜보다가 선생님에게 다시 읽어드리고 싶은 시다. 이 시집을 읽는 모든 분에게 드린다.

시인 정양

1942년 전북 김제에서 태어나 동국대 국문과와 원광대 대학원 국문과를 졸업했다. 1968년 시 「천정을 보며」가 대한일보 신춘문예에, 1977년 윤동주 시에 관한 평론 「동심의 신화」가 조선일보 신춘문예에 당선되었다. 시집 『까마귀떼』 『살아 있는 것들의 무게』 『길을 잃고 싶을 때가 많았다』 『나그네는 지금도』 『철들 무렵』 『헛디디며 헛짚으며』, 평론집 『동심의 신화』 『판소리 더늠의 시학』, 산문집 『백수광부의 꿈』 『아슬아슬한 꽃자리』 등을 펴냈다. 모악문학상, 아름다운작가상, 백석문학상, 구상문학상을 수상했으며 현재 우석대 문예창작학과 명예교수로 있다.

정양의 시는 시대와의 불화를 회피하지 않고 정면으로 맞서면서 현실과의 긴장을 고양하는 한편, 말과 말 사이에서 발생하는 해학의 정신을 품격 있게 유지함으로써 독자에게 격조 높은 서정의 지평선을 제시하고 있다.

정양 시집

암시랑토앙케

1판 1쇄 펴낸 날 2023년 1월 27일
1판 2쇄 펴낸 날 2023년 6월 12일

지은이 정양
펴낸이 김완준

펴낸곳 모악

출판등록 2016년 1월 21일 제2016-000004호
주소 경북 예천군 호명면 강변로 258-52, 201호
이메일 moakbooks@daum.net

ISBN 979-11-88071-56-2 03810

* 몰개는 모악의 임프린트입니다.

값 12,000원